La bonne longueur
de mèche

© 2021 Ph. Aubert de Molay/Hispaniola Littératures

Édition : BoD - Books on Demand,
12/14 rond-point des Champs-Élysées, 75008 Paris
Impression : BoD - Books on Demand, Norderstedt, Allemagne

Chargée d'édition HL : Rose Evans

Collection 1 nouvelle

Illustrations de couverture : Pierre Glesser

ISBN : 978-2-3222-5093-6
Dépôt légal : Mai 2021

La bonne longueur de mèche

nouvelle

Philippe Aubert de Molay

HISPANIOLA LITTERATURES

Collection 1 nouvelle

Pour Blandine Bertucat.

*Ma vie fut remplie de tragédies,
dont certaines ont vraiment eu lieu.*
Mark Twain

avant-propos

D'après ses principaux biographes (Clarence Luckman, Zora Neale Hurston, le colonel Ronald White, Scott Reynolds Nelson et Robin Stuart), le dénommé John Henry serait né esclave en Alabama dans les années 1840, aurait été affranchi le 18 décembre 1865 (le treizième amendement à la Constitution des États-Unis posant à cette date l'abolition de l'esclavage après la guerre civile), serait devenu journalier dans les villes colonisant l'Ouest. Puis comme terrassier-caillouteur, il aurait défié vers 1872 une machine de chantier sur le Chesapeake and Ohio Railway à Talcott en Virginie-Occidentale. Une seconde version soutient que John Henry aurait été un prisonnier évadé durant « un blizzard de fin du monde » à l'occasion de son transfert vers un pénitencier lors de la traversée des Great Smoky Mountains (Tennessee et Caroline du Nord).

Devenu *caillouteur* lors de la construction des chemins de fer de l'Ouest, parmi la foule des travailleurs anonymes, John Henry aurait ainsi pu échapper à une Justice l'ayant condamné à douze ans de détention pour « vol qualifié d'un panier de cerises, outrage et rébellion contre les forces de l'ordre et la loi ». Enfin, une troisième version très controversée affirme que John Henry aurait pu être un pasteur illettré (connaissant par cœur quantités de passages des saintes écritures au point que l'auditoire croyait qu'il lisait la bible ouverte devant lui alors qu'il la récitait). Disciple du pasteur presbytérien abolitionniste Lyman Beecher (1775-1863), John Henry aurait rencontré la fille de ce dernier, la femme de lettres Elizabeth Harriet Beecher Stowe (1811-1896), connue pour son livre *La Case de l'oncle Tom* (*Uncle Tom's Cabin*, 1852), roman sentimental d'inspiration chrétienne, humaniste et féministe, au succès immense et immédiat, et qui portera un coup conséquent à la cause de l'esclavage. Lorsqu'Abraham Lincoln rencontrera Elizabeth Harriet Beecher Stowe en 1862, il déclarera : « *C'est donc cette petite dame qui est responsable d'une si grande guerre* ». Avec son mari, également pasteur, la romancière, menacée par le parti esclavagiste, devra quitter sa ville de Cincinnati (Ohio) pour se réfugier à Brunswick (Maine). C'est là, dans les années 1866 ou 1867, que John Henry, devenu libre, aurait rencontré Elizabeth Harriet Beecher Stowe.

Tous deux, selon certains récits journalistiques mais sans preuve documentée à ce jour, auraient alors imaginé lors des fraiches veillées automnales du Maine un « *personnage d'une force surhumaine, presque invincible, habité du plus bel acier moral et défenseur du bien commun* », préfigurant peut-être, c'est intéressant, de manière archétypale le modèle américain du super-héros.

Par la suite et durant deux siècles et demi, l'histoire sans cesse modifiée et enrichie de John Henry, inventée selon les besoins, les auditoires et les auteurs, inspirera bon nombre de syndicalistes, de politiques, d'écrivains et d'artistes proches de la contre-culture aux Etats-Unis. On le dessinera souvent fixant les rails avec de longs clous (son poing servant de marteau) tandis que les vieilles chansons de campement le présenteront perforant la roche (toujours d'un coup de poing) pour y placer des charges explosives en vue du creusement des tunnels. Les petits boxeurs ambulants de l'Ouest le considéreront comme une sorte de saint patron, bienveillant aux humbles et guérisseur. Johnny Cash et Bruce Springsteen, Mississippi John Hurt, Joe Bonamassa et Woody Guthrie, entre autres, chanteront John Henry. Point commun à toutes les versions de la vie de John Henry : son pari - gagné - de vaincre une machine (sans doute un concasseur de roche), dans le but de sauvegarder l'emploi des ouvriers menacés par le progrès technologique.

S'ensuivra, d'après tous les récits, une fatale crise cardiaque pour le victorieux John Henry *« pelleteur admirable et extrémiste du caillou »* (in l'hebdomadaire *Bismarck Tribune*, Dakota du nord, 1874). Pas étonnant, avec une telle biographie, que ce personnage hors-normes soit devenu tout naturellement en 1993 un super héros ami de Superman : *John Henry Irons, Man of Steel* (par Louise Simonson et Jon Bogdanove, chez DC Comics). Se penchant sur le personnage en 2018-2019, le dessinateur Pierre Glesser produira quelques images marquantes en niveaux de gris et sera l'initiateur du texte qui suit, une nouvelle (mais pensée pour la scène et le spectacle musical).

Considéré aujourd'hui comme un héros folklorique américain mythique, il se peut que John Henry, symbole de la condition ouvrière, ne soit en fait qu'une légende. Que tout ce qui précède sur l'homme et son destin ne soit que pure fiction. Comme la plupart des vies en somme. John Henry aux muscles de fer. Mais à l'existence incertaine.

Ph.A de M.
Printemps 2019

Illustration de ©Pierre Glesser

prologue

Tout ce que nous avons, c'est nous.
Tout ce que nous avons, c'est ce qui nous est arrivé.
Tout ce que nous avons c'est notre histoire.

Alors raconter.

Réfléchir pour savoir quoi dire mais quand je réfléchis rien ne vient.

Pour vous donner ma version, si je réfléchis bien : le mieux c'est que je ne réfléchisse pas.

Car c'est quand on ne réfléchit pas, qu'on pense.

Toutes les vies sont des romans. Avec des chapitres. Des pages nécessaires et d'autres inutiles, des explications, du boniment, des inventions, un peu de vérité, beaucoup de ratures. Et une chute.

Quand je réfléchis rien ne vient.
Ne pas réfléchir, c'est le mieux.
Raconter c'est laisser faire. Laisser venir.
Raconter c'est juste toi et moi, nous.

Et une histoire au milieu.

Au commencement je ne savais pas que c'était le début. Je savais juste qu'il fallait que je mange et que ça revenait tous les jours ce besoin de manger. J'avais dix ans à peu près. Avant de casser des cailloux pour les chemins de fer, j'ai fait des tas de métiers et on me payait un peu. Je faisais ce qu'il y avait à faire. C'était aller chercher de l'eau, porter des choses lourdes, surveiller des chargements pendant que les transporteurs buvaient, tuer et découper des bêtes, recommencer à porter des choses lourdes, assommer et débiter ce vieux cheval éreinté. J'avais dix ans à peu près, peut-être neuf. Et toujours la même petite chanson dans la tête. Ça faisait comme ça :

Mille métiers dans la paume
Hisse et ho le môme
Pas de jour de chôme
Voilà ton royaume :

Abaisseur aboyeur accrocheur acheteur agrafeur aiguilleur afficheur aiguiseur allumeur annotateur approvisionneur arpenteur assembleur autorisateur avertisseur badigeonneur balayeur baliseur barbouilleur basculeur bâtisseur blanchisseur bobineur boiseur botteleur boueur brasseur bricoleur briseur brocheur bronzeur broyeur brûleur brunisseur bûcheur.

Mille métiers dans la paume
Hisse et ho le môme

Mon nom c'est John Henry. Né esclave en Alabama en 1840 ou 1841 ou 1842, peut-être un peu après. 1843 ? Pour savoir quand tu es né, il te faut quelqu'un pour te le dire. Moi je n'ai personne. L'Alabama, c'est une terre de grands domaines agricoles. J'ai grandi à Tuscaloosa près de Birmingham. C'est un pays de belles maisons à colonnades. De tornades aussi. Les gens savent que tout pourra être emporté en deux heures. Alors tout est provisoire. Tout est considéré comme provisoire. Ta maison ton argent tes bêtes ta famille tes amours. Je me souviens qu'on pêchait des poissons-chats, qu'on les faisait bouillir avec des herbes, qu'on cueillait le coton dès avant le lever du jour et qu'on nous fouettait pour qu'on sache qu'on nous fouetterait si besoin. J'étais costaud et travailleur, j'avais pas douze ans et les gens disaient John Henry est puissant, robuste, invulnérable. Il porte des choses lourdes, il est le dernier à sentir la fatigue. John Henry c'est une force de la nature. Ensuite – même si c'était tout comme après, mais quand même très différent – je n'ai plus été esclave mais ouvrier des chemins de fer. Le chemin de fer vers l'Ouest à travers les montagnes, c'est les autres et moi qui le construisons. Quitte à y laisser nos vies, autrement dit pas grand-chose. Pas croyable le nombre de sépultures le long de la voie ferrée. Toutes ces tombes d'ouvriers et d'ouvrières. Et des monticules plus petits pour les chiens. Car les chiens nous accompagnent partout, toujours.

Hommes et bêtes tous similairement victimes d'accidents et de maladies, de flèches indiennes, de règlements de compte et d'épuisement. C'est la même chair en fin de compte, le même souffle inquiet emprisonné dans la même viande. Et un beau jour la terre nous reçoit, nous console et nous dispense de travailler. C'est bien d'être mort car c'est le moment sacré où l'on n'est obligé de rien d'après ce qu'on en sait. Seuls les morts sont libres.

Mais pour l'instant travailler travailler travailler.

Câbleur cadreur calandreur calculateur calibreur captateur carillonneur carreleur centralisateur centreur certificateur chaîneur changeur chanteur chargeur charpleux-faiseur de charpie charrieur chasseur chauffeur chausseur chiffreur chroniqueur chronométreur cireur ciseleur classificateur coadministrateur cocoricoteur codeur codificateur coiffeur coffreur collecteur colleur colporteur combinateur composteur compresseur compteur concasseur condenseur conditionneur conducteur confectionneur confiseur constructeur conteur contrôleur consignateur convoyeur coordinateur correcteur corroyeur coucheur couseur couvreur covendeur covoitureur corneur cracheur crâneur crapouilleur creuseur créditeur crieur crocheteur croque-mort cuiseur culbuteur culoteur cultivateur cureur cylindreur.

Mille métiers dans la paume

Hisse et ho le môme
Pas de jour de chôme
T'es qu'un fantôme.

John Henry le trimeur. John Henry le gros muscle. La pogne. Ce manœuvre de John Henry. Ce petit personnel. La plèbe l'asservi le façonnier le serviteur le subordonné le domestique l'homme de peine un ancien esclave. Le soutier. Celui dont les mains sont des pelles ou des pioches. Les doigts, des clous. J'ignore pourquoi je vous rapporte ces choses, un jour il faut parler peut-être ? John Henry celui dont les jambes sont des essieux de chariot. Ses os du bois de charpente, son sang de l'huile de locomotive, ses pensées du charbon pour faire fonctionner la chaudière de son cœur. Ma vie est exactement la même que celle des autres, alors à quoi bon raconter ? En quoi suis-je différent du voisin ? Pourquoi ce besoin de me croire à part ? Et de m'inventer une personnalité ? Quelqu'un aurait-il la réponse ? En m'y prenant bien, je pourrais estimer que j'existe, me persuader que je suis un homme spécial. Quelqu'un d'unique. Une âme. Quelqu'un qui doit raconter sa vie.

Je ne suis pourtant que John Henry le journalier.
Dalleur danseur dateur débardeur débarrasseur débiteur déboucheur débourbeur décapeur déchiqueteur, décolleteur découpeur déflagrateur défricheur dégrafeur dégivreur défourneur déshuileur délimiteur démarcheur, démarqueur

démerdeur déménageur démineur démolisseur démonstrateur démoralisateur démouleur démultiplicateur déneigeur dépanneur dépeceur.

Dépeceur :
Celui qui met en morceaux, qui fend, celui qui découpe la viande. Le dépeceur utilise un couteau d'acier avec manche en bois de cerf et cet objet est le plus précieux qu'il ne possédera jamais. L'art de la découpe avec précision et finesse requiert un long apprentissage. La découpe de porc, bœuf et gibier exige des techniques particulières. Mais communément c'est l'un après l'autre : décapiter démembrer évider débiter.

Moi personnellement quand je tue, j'éviscère sur place. Une fois le chevreuil rapporté au campement, le pendre par les pattes de derrière avec deux crochets en hauteur. Puis le dépouiller en retirant la peau de haut en bas c'est la technique. Le mieux sera d'apprendre en regardant quelqu'un le faire. Après avoir dépouillé, couper le bout des pattes avant et trancher la tête de l'animal. Ouvrir alors la bête à partir de l'entrejambe, attention de ne pas toucher aux boyaux et compagnie, sinon ce sera dans la puanteur un enfer de sang, de graisse et du reste. Sortir les abats. Nettoyer l'animal à grande eau comme si on était dimanche matin et qu'il devait aller à l'office se présenter devant Notre Seigneur. Le décrocher, lui couper le bout des pattes arrière. Mettre à rassir si possible. Ensuite préparer la viande selon ce que tu veux en faire, consommation immédiate ou salaison. Au fait, chose importante : le gibier peut attendre mais le porc sauvage ou domestique il faut s'en occuper tout de suite après l'avoir tué. La viande porc se corrompt dès la mort de l'animal c'est comme ça.

Pour ma part, je l'ai vu faire des dizaines de fois, des centaines même, ce travail sur la bête. Quand j'étais petit à la plantation en Alabama, c'est moi et un autre gosse qui tenions les ratons-laveurs quand ma mère les dépiautait (on tenait chacun une patte). Tout le monde dépiautait pas mal, c'était l'usage, on apprenait tôt. J'ai aussi vu un boucher de métier vider un sanglier et un mouton, c'était instructif. J'ai commencé par des lièvres. Ce sont des petites bêtes et il n'y a pas des tonnes de merde à vider comme avec un daim ou autre. Quand j'étais petit, je priais en dépeçant. Pour la bête plus que pour moi. J'ignore pourquoi je faisais une telle chose, prier en hommage à l'animal. Les Indiens le font à ce qu'on dit. Il y a bien longtemps que j'ai cessé cette curieuse pratique car je n'en vois plus l'utilité.

Dépoussiéreur dérailleur dératiseur dérouleur descendeur dessinateur destructeur détacheur détartreur déterreur détrousseur dévideur devineur diffuseur discoureur disséqueur distillateur distributeur divinateur docteur dompteur doreur doseur doubleur doucheur doucisseur draineur dresseur duplicateur durcisseur dynamiteur éboueur éclaireur écorcheur écraseur émailleur emballeur emmancheur émondeur emmerdeur empileur encaisseur emboutisseur encreur enfouisseur engraisseur.

Engraisseur :
Personne dont le métier est de finir d'élever les bestiaux destinés à être abattus. Gaveur nourrisseur on dit aussi. L'engraissement est le dernier stade de la préparation des animaux domestiques pour la boucherie. On va prendre l'exemple du cochon car je connais bien cette bête, c'est la plus répandue sur toute la surface de la terre et même sur le pont des bateaux de commerce ou militaires j'ai entendu dire. Un temps, j'ai exercé le métier d'engraisseur de porcs à Marietta dans la banlieue d'Atlanta, j'avais quitté l'Alabama pour la Géorgie, j'avais quatorze ans dans ces eaux-là, j'apprenais comment il faut s'y prendre avec les bêtes, les amis, les gens importants et les filles, j'apprenais comment on fait avec toutes les créatures de la terre. Je grandissais. Donc pour augmenter le poids d'un cochon, il faut commencer par lui donner une bonne alimentation. S'il ne prend pas de poids aussi vite que vous le voulez, vous devez réduire ses apports en végétaux tout en lui donnant plus de graisses et de sucre. Le gras contenu dans l'alimentation des cochons provient de volaille, de porc, de suif, d'huiles et d'un mélange savant de graisses animales et végétales. Tout un art pour *grassir* joliment la bête.

L'idéal est de nourrir le cochon avec tout ce qui est le moins cher : les restes et déchets de repas, les carcasses animales – de volailles et de gibier par exemple –, les herbes du chemin, des pommes de terre cuites de dernier choix, des fruits et toutes catégories d'épluchures ce genre de choses. Lorsque c'est possible, on ajoute des aliments sucrés au maximum, du sirop de canne, de la bière tournée. Le tout avec beaucoup d'eau chaude pour une meilleure assimilation de la nourriture. Concernant l'abattage, voir ce que je disais plus tôt à propos du travail du dépeceur. J'espère avoir été un bon professeur pour quand vous aurez à engraisser et saigner un cochon. Concernant celui-ci une dernière chose, souvenez-vous qu'il faut arrêter de nourrir l'animal vingt-quatre heures avant de le tuer pour que ses intestins soient vides.

Maintenant et tandis que je vous parlais des métiers que l'on exerce dans l'Ouest – et si je vous ai parlé de tout ça c'est qu'il me fallait du temps pour réfléchir – j'ai donc bien réfléchi et voici le fruit de ma méditation : si c'est pour ne pas tout dire, raconter est inutile. Et pour vous, écouter une perte de temps. Alors je vais tout vous dire. John Henry va tout dire sur John Henry. Il va essayer.

C'est
Assez
Sorcier
À faire   ah ça oui

Et pour commencer voici la question qui me tracasse en permanence, un peu comme une dent qui te ferait mal avec plus ou moins d'insistance selon les jours : qu'adviendra-t-il quand on aura construit toutes les lignes de chemin de fer du monde ? De Philadelphie à Milwaukee, de New York à San Francisco, de l'Amérique à la Chine lointaine, du pôle sud au pôle nord, de la terre à la lune ? De chez nous à chez eux ? À quoi pourrons-nous bien nous occuper ? Que ferons-nous du matin au soir ? Peut-être installer une ligne de chemin de fer de la véranda de la cuisine au cabanon avec seau hygiénique du jardin ? Ou de l'automne au printemps pour qu'on traverse l'hiver plus vite ? Ou de l'enfance à la vieillesse pour souffrir moins longtemps ? Quand on aura inventé tous les métiers du monde, *dynamiteur éboueur éclaireur écorcheur* et bla bla bla, ne serons-nous pas désœuvrés ? Car que faire d'autre sur cette terre si ce n'est construire, reconstruire, construire encore ? Quand t'as regardé les étoiles ou les yeux de ta bien-aimée vingt minutes, ça ne te suffit pas on dirait. Alors c'est reparti tu construis des lignes de chemin de fer, tu dynamites des montagnes, tu enjambes des rivières, tu débites des forêts jusqu'au dernier arbre, tu veux que chaque caillou, chaque brin d'herbe, chaque goutte d'eau soit la propriété de quelqu'un et quand tout est cartographié, utilisé, calculé, monnayable, tu recommences plus loin car à quoi pourrait-on bien s'occuper d'autre ? que faire ? que faire ?

Démineur démolisseur démonstrateur démouleur démultiplicateur déneigeur dépanneur dépeceur etc etc. Que faire de notre peau si ce n'est acheter et vendre ? *Prédateur.* Oui pré-da-teur.

Quelqu'un aurait-il une idée ?
Que faire de nous sur terre ?
Qui être ?

acte I
sur le chantier

J'ai été embauché par les chemins de fer pour une période de quarante jours. Déchargement de poutrelles métalliques à souder et application d'huile graissante sur celles-ci pour éviter l'apparition de la rouille.

Puis ils m'ont gardé. Là ce n'était plus la même chanson.

Casse du caillou
Hisse et ho pauvre fou
Au fond du trou
Tu te casses le cou.

Hisse et ho pauvre fou. Tu as une longue longue route ferrée à fabriquer. Je suis devenu ouvrier.

O
                                                  U
          V
  R
                       I
              E

                                                    R

Ce que j'aime c'est la prairie quand on entend rien. Au petit matin, loin des villes, le paysage est immobile comme si on l'avait dessiné. Et qu'il continuait de se dessiner au fur et à mesure que la lumière avance. Apparaît un nuage dans les altitudes, surgit un éphémère vol de moineaux à ras du sol, se blottit bientôt une rivière dans les bras de la prairie, ça sent l'eau, le frais, le vivant, le bleu et le vert. Tout ramage ensuite un peu partout. Tu es debout et tu frissonnes de froid ton gobelet de café à la main. Et tout ça se griffonne petit à petit comme sur un grand cahier. Un corbeau passe, il est pressé. Les dernières noirceurs nocturnes, le rose nouveau du soleil, jusqu'à ta silhouette qu'on doit voir de loin. Et tous les autres ouvriers se préparant à leur si longue journée, chacun espérant que tout se passera bien, pas d'accident, pas trop de retard sur le programme et surtout pas d'Indiens. Juste que ça aille, que ça veuille bien aller. Hisse et ho pauvre fou. Que le chantier pour que l'Amérique joigne les deux bouts du continent se passe bien. Et là maintenant on commence à entendre les gens. Ils parlent le plus fort que possible, histoire d'habiter la plaine, de se donner du courage. C'est du polonais et du gallois, c'est du suédois et du calabrais. Le vent chuchotant dans les hautes herbes c'est tellement troublant alors on fait beaucoup de bruit pour rien, comme ça on est rassuré. On dit à l'univers qu'il a qu'à bien se tenir car on va travailler. Et voilà que l'aube craque son allumette et éclaire tout : Feu !

L'horizon est colorié par ton propre regard. On entendait presque rien, c'était comme le crissement du crayon sur le papier. Et à présent dans le vacarme un arbre grandit, des buissons s'esquissent, le matin en met un coup pour réveiller terre et cailloux, hommes et bêtes. C'est comme une musique, tout fait orchestre. Tout se manifeste. Le monde se peint lui-même. C'est quoi dessiner je me demande en finissant mon café ? C'est peut-être dire *plus* que si on le disait avec des mots. Alors voici maintenant que la plaine existe, que le ciel existe et que toi aussi tu te mets à exister, voici que tout prend sa place, voici que tout est à perte de vue. Tu sais bien que tu seras gommé un jour. Mais pour l'instant tu fais partie de ce monde où, au départ, avec sa petite voix le vent a murmuré dans les hautes herbes pour appeler le jour. Tu es une infime partie de ce paysage immobile comme si on t'avait griffonné toi aussi. Tu es un fragment de ce nouveau jour. Tes yeux sont des tessons de verre, tes mains des outils de fer, ta respiration un requinquant verre d'alcool. Ton corps, ce lambeau de chair, va aujourd'hui installer cent mètres de voie en plus sur la prairie. Tes espoirs du jour seront les miettes de tes rêves de la nuit, comme des restes du repas d'hier soir qu'on pourrait réchauffer. Petit bonhomme dessiné par je ne sais qui pour je ne sais quoi, tu es juste un minuscule tracé sur ce cahier sauvage, à peine un croquis, un coup de crayon. Hisse et ho pauvre fou. Tu es à peine une illustration, voilà ce que je me dis en ce beau matin américain.

Qui traîne sur le chantier
Petite chanson à la con :

Zoziaux
Joviaux
Bestiaux
Conviviaux
Zoziaux
Bestiaux
Et autres bitoniaux
Et nous des salopiaux !

On avance dans la montagne et après c'est une plaine et à nouveau une montagne puis la plaine et ainsi de suite. Le soir, on se retrouve toujours le même petit groupe d'une douzaine d'ouvriers. Ce sera ragoût de marmotte mais sans marmotte, pas eu moyen d'en choper une. L'un de mes bons amis est cuisinier. Il s'appelle Fourchette. Il sait vous mitonner un ragoût de marmotte sans marmotte et c'est un immense privilège de s'assoir à sa table car les plats ont toujours des dénominations propices à remplir l'esprit à défaut de l'estomac. Ce qui n'a pas de prix tant il est vrai que les histoires nous nourrissent autant que les entremets, les pot-au-feu et les pains de maïs. La preuve, vous êtes là pour en entendre une, d'histoire. Loin de tout approvisionnement, au beau milieu de la prairie, Fourchette vous sert royalement de remplumantes escalopes Wellington, bisque de tortue façon Nouvelle-Orléans, tartes aux airelles à l'irlandaise.

C'est à peu près en réalité toujours la même lavasse aux herbes avec deux légumes bouillis qui traînent mais ça change de nom chaque soir et si ce n'était pas le cas – Fourchette nous racontant l'histoire de la recette, son origine et tout le tremblement – on serait comme des âmes en peine devant notre écuelle d'eau tiède.

Ce soir, le bruit court qu'on va souper d'un – je ne sais même pas comment on prononce ce mot ni ce qu'il veut dire – *carpaccio de marmotte à la sauce hollandaise façon Curaçao Island*. La fête. En fin de compte, voilà quatre ans que je m'attable, le cul sur un talus, avec une gamelle de flotte mais c'est meilleur que chez les riches. Que chez ces messieurs de la richesse de père en fils, bien meilleur. Ma parole, c'est pas permis la chance que j'ai de vivre la vie que je vis pour manger ce que je crois manger !

Parfois je sais que les montagnes, ce sont elles qui passent à travers moi tandis que je casse mes mains et que j'use mes cris sur le chantier. Comme je dis, je suis devenu un petit morceau de montagne, je suis deux ou trois pelletées de caillasses bien lourdes. Mon dos fouetté autrefois, mes épaules servant à la même chose que celle des bœufs tractant les chariots, mes jambes pour tracer ma peine dans cette poudre grise de la piste : c'est moi. Parce que c'est comme ça : la seule possession que j'ai sur cette terre, c'est ma force.

« L'éloquence de tes muscles » a dit l'ingénieur. « La générosité de ton énergie » a dit un autre chef. L'endurance, ma pesanteur, mon rendement, ma consistance de pierre, voilà ce qu'est John Henry. C'est comme s'il était cousin avec les rochers, s'il avait une parenté avec le granit. Je suis compact, d'aplomb et obstiné comme une locomotive. John Henry le rocher. Parler, c'est une sorte de remède mortel car maintenant je me vois comme dans un miroir. Et tout ne me plaît pas. Vous raconter ma vie c'est comme si j'entendais causer d'un certain gars et que ce n'était pas moi celui-là, ce grand black un peu crâneur, plutôt avaleur de sabres et peut-être bien même un peu menteur. Il ne faut pas croire tout ce que dis : je fais comme tout le monde, j'enjolive, je trie, je m'avantage, je présente les choses strictement de mon point de vue. Je me privilégie, je fais pencher la balance. Tout le monde fait ça, non ? Et je finis moi aussi par avoir envie de savoir des choses sur moi. Mais que des bonnes de préférence. Celles qui sont inventées surtout. D'entendre parler de soi, ça peut toujours être utile, qui sait ? On se connaît si mal. On se trompe si souvent sur soi-même.

Voilà la dernière que j'ai entendu dit Fourchette :
Où va un train de vêtements ?
Dans une gare de robe.

Qu'est-ce qu'on peut rire parfois. Ha Ha.

Fourchette dit bon alors je vais préparer une bonne dînette pour ce soir, peut-être un chaudron de printemps à la mode virginienne, c'est une soupe épaisse et crémeuse à base de maïs. La virginienne est délicieuse et rassasiante grâce au maïs et aux pommes de terre. On fera comme si on y avait mis de la crème ou du fromage, Ou simplement un peu de farine, du bouillon et du lait pour donner cette texture épaisse réconfortante. Ce sera un chaudron de printemps à la mode virginienne inoubliable. Je vais préparer ce plat promis et on oubliera les Indiens et leur incompréhensible entêtement à refuser le chemin de fer, à ne pas être clients des bordels avec toutes ces gentilles filles, à ne pas se préoccuper des mines d'argent et de cuivre, à se désespérer incompréhensiblement de ces milliers de troncs d'arbres envoyés vers New York, Philadelphie, Baltimore ou Boston. Il paraît que dimanche dernier on a « mis à part » six Comanches rôdant autour du chantier. Pas de quartiers. Leurs corps crucifiés pour apprendre la politesse à leurs congénères, on les voit de loin et ils vont rester là pendant suffisamment longtemps pour qu'on qualifie cette pratique de pure abomination. Mais c'est l'usage. C'est pour faire peur et ça marche. Pour montrer les dents. Sans crème ni bouillon ni rien, le chaudron de printemps à la mode virginienne sera quand même un pur délice.

De toute manière, d'autres sauvages reviendront, ils reviennent toujours. Ce qui fait que le futur a une tête qui ne me revient pas. Car pas moyen d'être tranquille, toujours le Comanche, le Kiowa, le Catawba qu'on appelle aussi Issa, le Mohegan, le Tunica-Biloxi, le Mashpee Wampanoag tous ces noms à la noix, le Chippewa, le Sioux, le Cheyenne, le Choctaw, le Sénéca et son cousin le Tuscarora, sans oublier l'Apache, l'Arapaho, le Shoshone ou l'Iroquois. Fourchette a connu bibliquement une fille de la nation Sénéca. Une invraisemblable beauté nommée Ah-Weh-Eyu (ce qui pourrait être très grossièrement traduit par « Jolie Fleur »). Jamais plus belle femme n'exista dans toutes les Amériques, selon mon ami. Elle était délicieuse comme de l'eau quand on a grand soif. Tout en noblesse, en coquetterie et en gentillesse. Un envoûtement. On l'aurait épousée. Volée à sa famille, elle est morte de chagrin dans un bordel de la ville de Temperance, Michigan. Trop tard pour la racheter. Des fois je me dis peut-être qu'on aurait pu s'entendre avec les Indiens. Apprendre avec eux. Comment font ces gens pour vivre sans construire de routes, de ponts, de tunnels ? Sans banque ni crédit ? L'hiver avec toute cette neige, ce silence de statue, ce ciel bas et peu allumé, à quoi peuvent-ils bien s'occuper ? J'aimerais bien leur demander leur secret. Mais c'est impossible, je ne connais personnellement aucun peau-rouge.

Qui rôdaille dans les campements
Autre petite chanson à la con :

Tout piou-piou
Est un biniou
Crevindiou
Alerte-nous des Sioux !

Parfois le soir, tabassé de fatigue, je me demande si le monde se rend compte de ma présence. Je ne sais pas moi-même si je suis vraiment là. Alors je me persuade que mon avis compte pour quelqu'un. Même si t'es un rien du tout, si quelqu'un te demande ton avis, tu deviens celui que tu voudrais être : quelqu'un à qui on demande son avis. Une personne. Hisse et ho bonhomme.

Je suis une machine
Mes muscles sont en fer
Et encore mieux
Mon moral est en acier

Je suis une machine
Ma sueur c'est la poussière
Et encore mieux
Mon sang c'est de l'huile

Je suis une machine
Mon cœur est une cuve
Et encore mieux
Où surchauffe du chagrin fondu

Je suis une machine
Mon âme c'est une drôle de mécanique
Et encore mieux
Nul ne sait comment la réparer

Je suis une machine
Qui fait ce qu'on lui demande
Et encore mieux
Une machine mais malheureuse.

Les soldats patrouillant autour du chantier organisent des chasses au sauvage. On peut y participer pour voir. Mais les meilleurs pisteurs, scalpeurs, décapiteurs du dimanche – il faut savoir qu'il existe un marché du scalp et de la tête de sauvage coupée dans l'est du pays et jusqu'en Angleterre – et autres violeurs et fracasseurs de nourrissons sur les rochers sont récompensés par des primes s'ajoutant à leur salaire d'ouvrier. Je ne sais pas trop d'où vient l'argent, en tout cas il vient à flot. Ces sommes providentielles permettent de payer l'alcool, les filles, les parties de cartes avec de grosses mises. Lors de ces expéditions, récupérer un enfant de huit ou neuf ans (pas plus car après ils sont enragés des quatre pattes et rétifs à la civilisation), si possible une fille, est une bonne affaire. C'est ce qu'on dit. Car, à condition de bien dresser l'animal, vous disposerez d'un ou d'une domestique apte à toutes les corvées. Et ceci gratuitement. Il faut bien comprendre une chose véritablement importante :

quand tu es pauvre, tu désires dominer un plus pauvre que toi qui, à son tour, trouvera un plus pauvre que lui à tyranniser. C'est la promesse de l'Amérique. C'est ça l'Amérique. Pour les têtes d'Indiens à vendre, il faut les vider, puis faire bouillir puis laisser soigneusement refroidir, afin que les chairs ne se détachent pas du support et après on badigeonne d'un mélange d'huile à essieux, de plantes aromatiques, de poudre anti-moisissure comme pour les fourrures, de sel, d'alcool citronné et de savon. Pour donner l'aspect cuir voulu, on déshydrate la tête en la plaçant sur un piquet pour éviter les prédateurs. Deux semaines au soleil et on la recouvre ensuite d'un vernis antirouille incolore ou rubis – rubis pour faire peau-rouge, c'est pas mal –. Et le tour est joué. Une petite coiffure reconstituée en plumes de faisan sera du plus bel effet, même si aucun Indien n'a porté ce genre de plumes. Mais quelle importance ! Les gens de l'Est ne verront jamais de leur vie un sauvage vivant alors c'est bon pas d'inquiétude ils achèteront le trophée. Le mieux est de confier ce travail de préparation de la tête à un spécialiste. Travaillant sur le chantier, les anciens esclaves du Mississippi, de l'Alabama ou de Géorgie sont les meilleurs car ils ont vu leurs maîtres d'antan accomplir cette besogne sur des gens de leur famille. La plupart des juges et chefs de police de l'Est, les propriétaires de milices privées et les gros cultivateurs ou éleveurs de bétail, lesquels se trouvent souvent être des politiciens en même temps afin d'arranger leurs petites affaires, possèdent et exhibent des trophées prétendument chassés par eux-mêmes. Hélas il y a aujourd'hui tellement de têtes en circulation, y compris de femmes et d'enfants, que le marché s'effondre pour cause de surproduction. C'est un problème. Il va falloir trouver d'autres produits à vendre. Peut-être des mains disent les gens ? Pour faire presse-papier ou cendrier ? L'autre dimanche soir, j'ai trouvé Fourchette en pleurs. La tête de jeune guerrier aux traits nobles qu'il avait confiée à un spécialiste après l'avoir rachetée assez cher à un fracasseur de nos amis avait tourné du fait du temps lourd et il a fallu la jeter aux chiens car elle pourrissait. Un gros manque à gagner. Quand il a plu sur les collines sans arbres où nous campions à ce moment-là, cette pluie s'est mélangée aux larmes de Fourchette. Et ma surprise était grande de voir notre cuisinier pleurer : tu comprends c'était une très belle tête il a expliqué, une tête de toute beauté. Véritablement de toute beauté, une tête de luxe. Déjà trempé jusqu'aux os et devinant qu'il n'y aurait rien de grandiose pour le dîner, ni osso bucco à la romaine ni feuilleté de légumes en marmelade grande duchesse de Moscovie ni que dalle je me suis alors assis auprès de mon ami et, que ça à faire, nous avons regardé longtemps longtemps la pluie. En faisant la tête.

Zoziaux
Joviaux
Bestiaux
Conviviaux
Zoziaux
Bestiaux
Et autres bitoniaux
Et nous des salopiaux !

On le sait bien, une journée tient à peu de chose, nécessite une toute petite répétition de verbes : se réveiller, pelleter, dynamiter, repelleter, enterrer (les morts du jour), dîner (si possible d'un minestrone alla milanese enrichi d'un os à soupe bouilli dans son oignon doux et riz huilé façon bostonienne), boire (comme un trou), dormir (comme un trou encore plus profond). Et le dimanche, jour de Notre Seigneur, prier, boire, chasser, baiser, jouer aux cartes, boxer, re-boire. Comme dit un jeune Italien joyeux de notre petite équipe : dans la vie le plus sûr est de mettre la barre très bas, de la sorte on atteint toujours son objectif. Sage précepte. Et toujours, cette plaine à perte de vue, ce vide venteux, ce calme incertain, ces lointains incompréhensibles. Ce vertige du paysage.

Sur l'horizon quelque chose se prépare et va venir vers nous.

Pour nous dégringoler à coup sûr sur la gueule.

Alors l'invitation à marcher, à continuer encore et encore. Mais parfois, continuer ne revient-il pas à se perdre ?

Quelqu'un raconte soudain :
Un ouvrier s'énerve si grandement à propos de la file d'attente dans laquelle prendre place pour recevoir son salaire sur le chantier qu'il déclare : « C'est décidé je vais aller jusqu'aux bureaux de la direction à New York et je vais tuer l'ingénieur en chef de ce merdier. » Il prend le train jusqu'à New York. Lorsqu'il revient quinze jours plus tard, les autres dans la file n'ont pas beaucoup avancé et lui demandent : « Alors, as-tu tué l'ingénieur en chef de ce merdier ? » Et il répond : « Non, la file d'attente est encore plus longue là-bas. »

Côté petite répétition de verbes, avec les Indiens c'est pas compliqué. Même si ça aurait tendance à me faire mal de le dire car il n'y a pas de quoi être fier voici la vérité : avec les Indiens, c'est aboyer et raboyer / assommer et rassommer / estourbir et restourbir / étranglement et rétranglement / incendier et rincendier / assassiner et rassassiner / occire et roccire / fracasser et rfracasser / fusillade et rfusillade / piller et rpiller / noyer pis rnoyer / avoirlordredefinirleboulotavecleursgamins et ravoirlordredefinirleboulotavecleursgamins / s'ivrogner pour oubliertoutecettemerdesipossible et s'rivrogner pour roubliertoutecettemerdesipossible/

Après une bataille l'air est noir.

Tout est assombri. La rivière, on dirait du café bouillant. Les arbres sont ténébreux, comme brûlés. L'herbe est morte. Des nuages de poudre partout. Dans la nuit tombée, des cris qui finissent. Ça meure encore à droite et à gauche, ça s'est vidé de son sang, ça s'est résigné, ça nous quitte et ça regrettera pas ce monde. Des corbeaux au festin. Des mots sombres, eux aussi. Des phrases sans idée, juste pratiques. Des idées sans phrase, juste se taire. Grande pénombre sur la terre et en nous aussi. Dans quelques mois et pour toujours, il y aura une gare ici, ça valait la peine de tuer tous ces gens. Odeurs et goût de fumée jusque dans notre prochain sommeil. Poussières tourbillonnantes des paroles dans l'air brûlant d'effroi. En fait ce dimanche après-midi, on a eu trois ou quatre heures à tuer.

Fait chaud, fait soif, fait mort.

Alors pour détendre l'atmosphère, il y en a toujours un qui raconte une bonne blague. Un cowboy demande à un Indien :
— Toi qui est peau-rouge, tu peux m'expliquer la mystérieuse signification de ces signaux de fumée là-bas derrière la colline ?
L'Indien répond :
— Oui. Ta maison brûle !

Le surlendemain un dentiste est passé. Presque tout le monde avait besoin de lui. Il possédait un grand coffret en acajou garni intérieurement d'une glace, avec instruments nickelés et manches en ivoire de morse. Il a dit qu'il fallait être organisé lorsqu'on pratiquait en cabinet itinérant. Presque tous les ouvriers ont des trous dans les dents, des cassures dans l'émail, des gencives blessées, des fluxions, des kystes et des humeurs froides. Nos bouches sont des éboulis, il faudrait les traiter à la dynamite comme les collines de Virginie. Le dentiste a dit je vais arranger ça messieurs et pour pas cher.

Alors la prochaine nuit du samedi puis le dimanche jusqu'à la reprise du travail à l'aube le lundi, nous avons été des dizaines à attendre notre tour devant son fourgon. Ce qui a passionné la plupart des gars, c'est le nickelage des ustensiles du dentiste. Ce dernier a donné une petite conférence pour expliquer que l'United Nickel Company de New York avait déposé des brevets en 1866 et 1868. Et que Monsieur Isaac Adam de Boston avait fait passer le procédé du nickelage au stade industriel en 1869, faisant fortune au passage, vive l'Amérique. C'est que la technique du nickelage va révolutionner tout l'artisanat de l'instrumentation médicale. Elle permettra une protection anticorrosion des métaux et une excellente qualité de finition à un moindre coût. La marche du progrès ne cessera plus. Une substance a d'ailleurs fait son apparition : le chloroforme. Cette technique d'anesthésie par inhalation est incertaine puisqu'elle peut épisodiquement causer la mort du patient. Si l'on préfère ne pas prendre ce risque, on peut acheter une solution pour bains de bouche pré- et postopératoires. Un mélange alcoolique calmant composé de sel, de menthe, de poivre et de fleurs d'iris séchées. Entre nous, un verre de whisky c'est moins cher et ça fait autant d'effet, souvenez-vous de ce bon conseil la prochaine fois que vous irez chez le dentiste. Dans le coffret en acajou, on évitera de trop regarder les fameuses « clés de frère Côme », des outils servant à l'extraction des molaires, le mot extraction devant cependant être relativisé à ce qu'on dit puisque cette pratique a la plupart du temps comme résultat de casser la dent ou la couronne de celle-ci, voire les os de la mâchoire sur lesquels s'appuie un peu rudement l'extrémité de l'instrument. Outre ses soins, le dentiste nous a proposé à la vente des hygiéniques en provenance directe de la réputée grande pharmacie de Baltimore, Maryland. De l'eau de mélisse des Carmes (composée de quatorze plantes et neuf épices) aux propriétés digestives, de l'essence de café pour les maladies du cœur, de l'extrait de fleur d'oranger pour le soin cutané des phlegmons, furoncles ou blessures hémorragiques claires, du chocolat amer comme excellent fortifiant, du thé médicinal et une fécule analeptique (pour les ignorants ne connaissant pas ce mot : « qui rétablit les forces, stimule les fonctions de l'organisme »). Une vraie épicerie ma parole.

Les produits en vente comprenaient également une poudre dentifrice, un vinaigre purgatif, une eau de Cologne, des extraits d'odeurs, de la pommade cosmétique, un baume cicatrisant, un élixir de vigueur virile pour les nuits au bordel et quatre sortes de savon de toilette (rose, camomille ambrée, tilleul et inodore de Philadelphie. Ces articles déclarés antiseptiques sont tous capables de préserver des maladies contagieuses comme la diphtérie ou la variole. Et certains peuvent triompher de l'impuissance thérapeutique en rétablissant un malade donné pour perdu, comme l'assure la publicité confortée par des témoignages de docteurs de Londres, Berlin et Paris.

J'ai dépensé cinq semaines et demie de salaire pour me faire ôter une dent (dégradée neuf mois plus tôt dans un grabuge de fin de partie de cartes puis infectée ça avait naturellement pas loupé) et pour les produits hygiéniques nécessaires au bon rétablissement de ma bouche. Puis le dentiste est reparti. On le reverra dans dix-huit mois au mieux. S'il a gardé son scalp de coureur de prairie.

acte II
le duel

Alors voilà comment ça se passe. Les seuls endroits préservés sont ceux demeurant inaccessibles mais pas d'inquiétude, tôt ou tard, les jungles les plus reculées, le fond des mers, jusqu'au moindre carré de broussailles dans un endroit qui n'a même pas de nom, on en fera de l'argent. En attendant, notre chantier c'est l'arrière-cour des villes de l'Est, là où le progrès est en progrès, là où le rail apporte la civilisation. Là aussi où tu pends tous les cerfs que tu trouves à des crocs de boucher, là où les paisibles rivières aux eaux silencieuses reçoivent les acides pour dissoudre la roche, là où le désagréable désordre originel des collines est organisé plus intelligemment par nos armées de terrassiers, là où l'inutilité des forêts est remplacée par des fabriques, des commerces et tout ce qu'il faut pour dépenser jour et nuit. Le chantier c'est notre appétit d'ogre. Au menu nous avons la prairie, les bois, les ruisseaux, tout ce qui est enfoui dessous et tout ce qui court, nage et vole dessus. On avale tout. Dévorations. À peine vu, déja consommé. Voilà une faim qui rend toujours plus affamé.

Coupez moi ce bosquet à
ras de terre là-bas au loin
on trouvera bien toujours
quelqu'un pour acheter
ce tas de bois

même s'il faudra

une longue vue

pour après
trouver encore
un arbre debout
quelque part
dans l'Ouest

Une des tâches pour le percement des tunnels, c'est de perforer la roche pour y placer des charges explosives. Quand vous faites ça, vous en voyez de toutes les couleurs. Des cailloux d'un noir de charbon mais ce n'est pas du charbon, d'autres dorés comme de l'or mais on ne tombera jamais sur de l'or faut pas rêver, des pierres rouges comme si crachées par un volcan, des blanches qu'on pourrait prendre pour ces pains de glace livrés dans les saloons par des ouvriers aux mains rapetissées par le froid et l'autre jour j'ai vu l'un de ces gars et c'était comme s'il n'avait plus que des mains de tout petit enfant. Mais mes préférés de cailloux sont de deux sortes. D'abord les orange. Ceux-là, ils sont beaux comme certaines nuits la lune. C'est sans doute juste une impression que cet orange-là. Un effet de lumière dans nos yeux enflammés de sueur et de poussière. Parfois on finit par voir ce qu'on espère voir comme je dis. Avec la roche orange c'est ce qui se produit : elle surgit du ventre de la terre, elle semble te confier que même dans l'obscurité la plus profonde – dans des ténèbres d'entrailles pour ainsi dire – des couleurs existent pour te surprendre et être trouvées. Certaines choses semblent exister juste pour être trouvées. Donc les pierres orange. Et ensuite les rochers roses. Il faut voir ça. Un rose retenu, étouffé, presque transparent mais pas vraiment. Pâle en tout cas comme ces fleurs dont je ne sais pas le nom et qui semblent hésiter à être colorées. Ou au contraire un rose solide, pas discutable. Comme un quartier de porc séchant au soleil dans sa fumée d'herbes et on le mangera, bien content de l'avoir vous pouvez me croire, cet hiver sous le blizzard. Ou encore cet autre rose troublant comme la gorge des filles. J'ai un petit sac avec des galets orange et rose. Je ne fais rien avec ces cailloux, que les regarder, que penser qu'ils sont beaux. Que les avoir. Et comme une des tâches pour le percement des tunnels, c'est de perforer la roche pour y placer des charges explosives, le mieux c'est de trouver des petites choses inutiles pour y attacher son attention, pour en retirer des petites idées absurdes, pour ne pas se souvenir que bien assez souvent ces tonnes de roches orange, rose ou pas – et là la couleur c'est pas la question – se précipitent sur les ouvriers, réduisant leurs têtes et leurs épaules et tout ce qui s'en suit à un petit paquet gris rouge qui ne prendra pas beaucoup de place dans une tombe si on parvient à le sortir de là.

C'est qu'on voit de tout sur le chantier. Un perpétuel spectacle. Deux amis de toujours qui se tuent à coups de pelle pour une dame qui ne veut d'aucun des deux, un Indien nomade et son jeune fils qui sont battus à mort au motif qu'ils sont passés un peu trop près du campement pourtant installé sur leurs terres. Des Chippewas c'étaient, ce père et son fils ou cet oncle et son neveu allez savoir. Les Chippewas, on peut pas les sentir du tout ah ça non pas de danger parce qu'ils étaient alliés des Anglais voilà un siècle pendant la guerre d'indépendance.

Mais je crois bien que même s'ils avaient été les alliés de nous autres les Américains ou de Dieu le Père en personne, cela n'aurait rien changé, on aurait tué ces deux pauvres bougres. Je crois que parfois nous faisons de mauvaises choses. Le chantier, c'est aussi soixante ouvriers qui se cotisent pour payer l'enterrement d'un collègue qu'ils ne connaissaient même pas et qui s'est esquinté sous les roues d'un chariot transportant du grain. On voit toutes ces choses dans une journée sur le chantier. Et le soir venu, vous êtes vivant ou mort c'est selon. Avec, si resté en vie, un seul désir : dormir.

Sous la tente en grosse toile où tu dors – avec des fuites d'eau et il faudra rapiécer car il fait moyen de pleuvoir pile à ta place – toujours quelqu'un de malade. D'ivre, d'évanoui ou de prisonnier d'une colère noire. De blessé et c'est pas beau à voir oui d'accord promis on écrira à tes parents dans le Missouri dès que tu seras mort tiens le coup ça ne devrait plus tarder mon gars. Toujours plusieurs d'affamés aussi. Avoir faim tout le temps. Toujours un qu'attend des nouvelles, devrait en recevoir depuis longtemps mais rien ne vient rien rien rien. Alors inquiétude pour un frère parti faire fortune dans les mines d'or du Colorado soi-disant, pour une mère restée seule à Chicago et comment fait-elle pour manger aucune idée, pour une femme dont on se demande des tas de choses à son sujet parce que les femmes c'est bien connu elles n'attendent personne ah ça non tout le monde le sait.

Sous la tente où tu dors, toujours un qui rumine, qu'a les poings douloureux à force, qu'a plus de tabac et tu peux compter là-dessus il te rendra demain ce cigarillo que tu vas lui prêter on est tous des amigos non ? Toujours un qui s'apprête à boire dès qu'il aura fini de dégueuler et s'il te plait John va plus loin par pitié pour faire ça la prairie dehors est pas assez grande bordel ? Et l'autre qui va raconter des histoires d'Indiens à faire froid dans le dos. Les scalps. Toujours un jeune qui annonce vouloir partir en Californie à cause du soleil qu'il fait là-bas c'est décidé on ne reviendra pas là-dessus mais où trouver l'argent pour le voyage ? Et celui-là les mains tremblantes, le visage blanc comme une hostie, des yeux de chien perdu. Ne veut plus entendre parler de cette fille c'est une sale pute on lui avait bien dit, peut pas dire qu'il était pas prévenu. Et celui-ci qui dort comme un ours en hiver on se demande comment il fait dans ce vacarme des bagarres à dix mètres de nous des coups de feu des chariots déchargeant des matériaux même tard la nuit. N'a plus de quoi acheter du café alors le mieux c'est de dormir pour ne pas y penser. Et toujours quelqu'un qui se demande quoi faire depuis des heures et des heures et tous autant qu'on est, on ne voit vraiment pas la solution c'est sans issue. Alors toujours quelqu'un qui croit en Dieu de temps en temps si bien qu'ils prient ensemble ça fait du bien. La prière c'est comme un mot de passe en temps de guerre pour entrer là où ça ira mieux.

La prière c'est pour s'abriter. Sous la tente où tu as ta couverture, toujours quelqu'un de malheureux. Et le plus drôle c'est que bien souvent c'est toi.

Sur le chantier se croisent des Italiens, des Irlandais, des Anglais – des bataillons d'Anglais –, des Bretons, des Chinois silencieux et même des Grecs fanfarons, quelques fiers cosaques, des Norvégiens tristes et très nombreux avec des Suédois, des Allemands de Hanovre, de Leipzig, de Saxe et de Poméranie aucune idée d'où c'est ces territoires. Des Écossais. Des Suisses et des Lyonnais. Du matin au soir, toutes ces injures incompréhensibles, ces chansons pour s'encourager, pour penser au pays et pour l'oublier. Ces *De profondis* et ces *Salve regina* aussi, à la pelle. Le chantier c'est la tour de Babel.

Béchamel bretzel mortadelle quenelle vermicelle…et…gamelle.
C'est tout ce que j'ai trouvé qui rime avec Babel.
Ah non il y a aussi mademoiselle bordel bagatelle.

Le jour du Seigneur, avec l'aide de nombreux traducteurs transcrivant en hurlant sa prédication anglaise en italien, en hollandais, en grec, même en yiddish, en français, en russe et surtout en allemand et en polonais, en tchèque et en norvégien également, le pasteur raconte d'une voix forte : 1/ Toute la terre avait une seule langue et les mêmes mots. 2/ Après avoir quitté l'Orient, ils trouvèrent une plaine dans le pays de Shinear de l'Euphrate sumérien et s'y installèrent. 3/ Ils se dirent l'un à l'autre : « Allons ! Faisons des briques et cuisons-les au feu ! » La brique leur servit de pierre et le bitume de ciment. 4/ Ils dirent encore : « Allons ! Construisons-nous une ville et une tour sans pareil dont le sommet touche le ciel et choisissons-nous un unique nom de peuple afin de ne pas être dispersés sur toute la surface de la terre. » 5/ L'Éternel descendit pour voir la ville et la tour que construisaient les hommes. 6/ Et il dit : « Les voici qui forment un seul peuple et ont tous une même langue, voilà ce qu'ils ont entrepris ! Maintenant, rien ne les retiendra de faire tout ce qu'ils ont projeté, leur puissance sera sans limites. » 7/ « Allons ! Descendons et brouillons leur langage afin qu'ils ne se comprennent plus mutuellement. » 8/ L'Éternel les dispersa loin de là sur toute la surface de la terre et les hommes étaient comme des feuilles mortes éparpillées par le vent. Alors ils arrêtèrent de construire la ville. 9/ C'est pourquoi on l'appela Babel : parce que c'est là que l'Éternel brouilla le langage de toute la terre et c'est de là qu'il dispersa les gens sur toute la surface de la terre, au-delà des mers et des déserts. 10/ Et même jusqu'en Amérique où ils reformeraient un seul et unique peuple, les Américains. Les A-mé-ri-cains.

Nation puissante et admirable cette fois comprise de Dieu qui, en vérité je vous le dis mes frères, bénit cette nouvelle tour de Babel bâtie par les entreprenants, industrieux et modernes États-Unis d'Amérique amen amen alléluia (de l'hébreu הללויה) bénis soient-ils les Américains alléluia amen amen amen. Amen !

Le lendemain, travail en plus du pelletage : on a eu à décharger soixante-quinze sacs de boulons d'ancrages en forme de crochet à double cambrure, cinquante sacs de pitons à oeil rond fileté et soixante autres sacs pesant méchamment leur poids de tendeurs à lanternes à deux crochets en métal lourd estampé. Pour les soixante-huit sacs de ridoirs de gréement en fer renforcé à deux chapes, on les recevra après-demain il parait. Tout ce matériel servira lors de l'assurance et de l'extension des cordages et haubans du pont que l'on apprête à construire pour enjamber une belle et profonde rivière paisible dont il se dit qu'elle n'a même pas de nom. De toute ma vie, je n'avais jamais vu de boulons d'ancrages en forme de crochet à double cambrure ni de ridoirs de gréement en fer renforcé à deux chapes, aucune idée de ce qu'était ces drôles d'oiseaux-là. Chaque jour j'apprends. Le chantier est la plus grande école du monde. L'un des gars avec qui je travaille sait des tas de choses sur la mécanique, l'outillage moderne, la métallerie, le moyen bricoler avec rien et les réparations courantes de la petite horlogerie. Un vrai magicien.

On lui apporte des choses cassées et il les répare en moins de deux contre une pièce, une bouteille ou un cigare si t'as rien d'autre. Contre le simple sourire d'une belle fille aussi des fois. C'est beau de savoir faire quelque chose. Un magicien je vous dis. C'est bien simple, tout le monde l'appelle Merlin l'Enchanteur. Pas sûr que la rivière sans nom soit aussi joliment baptisée. Là-bas en Alabama j'ai un frère. Il sait faire le pain. Son pain est bien meilleur qu'ici. Bonne farine bonne eau bon travail. Mon frère sait faire le pain et il peut en être fier car c'est beau de savoir faire quelque chose ici-bas.

Je dois maintenant raconter ce fameux dimanche où j'ai lutté contre la machine. Nous y voilà.

Le duel.

Je pourrais parler de l'ingénieur assurant que la machine, infatigable, remplacerait bientôt les ouvriers fatigables, eux. Et jamais satisfaits de leur sort enviable. Et nous tous on se disait eh bien c'est inévitable si les machines remplacent les hommes, comment ferons-nous pour subvenir à nos besoins ? Comment trouverons-nous un travail ? Nous étions dans l'inquiétude mais l'idée est venue. On dînait d'un merveilleux gâteau irlandais, un Porter cake (c'est un cake à la bière brune et aux raisins secs). En fait c'était juste du pain sec mais Fourchette nous a expliqué comment on préparait le Porter cake à Dublin (tout le secret consistant à mélanger un zeste d'orange aux raisins secs si vous voulez tout savoir) lorsque l'idée en question est venue, comme une invitée imprévue au beau milieu de notre festin. Le costaud John Henry défierait la machine. Se mesurerait à elle et triompherait de cette mécanique tyrannique. Preuve serait faite publiquement que l'ouvrier était d'un meilleur rendement que l'outil mercanti. L'ingénieur comprendrait, réviserait son jugement. Le dimanche plein de gens sont venus voir. Même des journalistes. Une grande foule. Alcool, gros paris. Sortie des manufactures de Liverpool, Angleterre, la machine était un engin à creuser à l'aide de godets racleurs articulés muni d'une roue de compactage avec des longerons pré-percés pour permettre l'ajout de couteaux latéraux et de protecteurs de longeron en option. Un matériel moderne pour traiter la pierre de taille, le granit, le sable, le schiste, la terre gelée. On a lutté pendant neuf heures sans une minute de repos. Les amis m'arrosaient la tête parfois et me faisait boire du café au bourbon léger sans que je ralentisse la cadence. Neuf heures vous imaginez une telle chose ? Rude combat. Que j'ai gagné. En fin de compte, John Henry avait pelleté plus de volume de pierraille que la machine dans le temps écoulé. J'ai gagné. Victoire. J'ai gagné contre la machine.

Contre

                    La

                                      Machine

Tout le monde, sauf les ingénieurs et encore ce n'est pas sûr, m'a aimé pour cet exploit. John Henry le puissant. John Henry le muscle parfait. John Henry le dompteur de machine. Le guerrier des chemins de fer. Le héros. Le sauveur des ouvriers.

Puis à ce qu'on dit mais je veux bien le croire, je suis mort d'épuisement pendant la nuit.

acte III
devenu fantôme

Maintenant que je suis mort, des gens que je n'ai pas connus me manquent. En amour par exemple cette femme que je n'ai jamais rencontrée, elle me manque encore plus que de mon vivant. On aurait pu être heureux qui sait ? Exister ensemble. S'être trouvé. Et ne plus se quitter. Où s'était-elle donc cachée pendant toutes ces années de vie terrestre ?
                                              C'est trop tard.

Avoir été heureux, je ne m'en souviens pas. C'est trop compliqué de chercher à être heureux. Et si toutefois on l'était, le temps qu'on s'en aperçoive ce serait fini. Le bonheur, c'est juste le souvenir de quelque chose qu'on aurait voulu voir se produire.

La Bible dit que les doux hériteront de la Terre. Le mieux aurait été qu'ils l'aient directement. Au lieu de ça, ils souffrent de la faim et reçoivent des coups, attrapent des maladies et des chagrins. Et c'est à peu près tout ce à quoi il faut s'attendre. Je me dis je ne comprends pas ce monde. Ça meurt. Partout et sans cesse. Le nord et le sud sont pleins de défunts. Et l'endroit où on se trouve aussi, une véritable foule hébétée et titubante, en route sans prendre le train.

Des fois je me demande combien de morts on pourrait compter par jour ? Si l'on additionnait les humains et les animaux combien ça ferait d'êtres vivants mourant sur cette terre chaque jour que Dieu fait ? Et par mois ? Par année et par siècle ? Et depuis le tout début de l'univers ? Le chiffre serait sans doute imprononçable, on n'arriverait pas à le dire tellement il s'étirerait jusqu'à l'horizon comme une caravane acheminant tant et tant d'histoires. Vers nulle part. Alors ma pauvre petite mort à moi c'est sans importance. Ni conséquence pour qui que ce soit où que ce soit. Même pas un insecte sur l'étang même pas une bulle de savon dans le soleil de midi, je ne suis même pas ces choses, à peine un vagabond frileux cherchant un abri pour le soir. De la sorte que le moment venu j'ai fait honnêtement de mon mieux, j'ai rendu mon dernier souffle comme quelqu'un qui est simplement devenu un mort de plus à ajouter à ce chiffre que nul vivant ne pourra jamais prononcer tellement il est démesuré, tellement il fait cent fois le tour de la planète et mille fois l'aller-retour de la terre à la lune. Mais ce chiffre, c'est sûr, ne représentera pas le dixième de mon regret de n'avoir su aimer durablement une femme et qu'elle m'aime en retour. On aurait eu des sentiments l'un pour l'autre, on aurait soupé du même plat – mettons une soupe virginienne bien préparée et surtout bien chaude - en buvant la même eau, il y aurait eu des cerises à cueillir et des nuits à perte de vue. De quoi se contenter. Et remercier.

Et si par miracle l'amour était resté, on aurait été continuellement déraisonnables comme des amants qui viennent de se rencontrer.

Un jour on m'a lu dans un journal cette explication selon laquelle la distance standard entre deux rails de chemin de fer est de 4 pieds et 8,5 pouces (soit 1,435 m). Chiffre étonnant. Mais pourquoi diable cet écartement a-t-il été retenu ? Parce que les chemins de fer US ont été construits de la même façon qu'en Angleterre par des ingénieurs anglais expatriés qui ont pensé que c'était une bonne idée car ça permettait également d'utiliser des locomotives anglaises. Pourquoi les Anglais ont-ils construit leurs chemins de fer de la sorte ? Parce que les premières lignes de chemin de fer dans la région de Londres furent construites par les mêmes ingénieurs qui construisirent les tramways, et que cet écartement était alors utilisé. Pourquoi ont-ils utilisé cet écartement des tramways ? Parce que les personnes qui construisaient les tramways étaient les mêmes qui fabriquaient les chariots et qu'ils ont utilisé les mêmes méthodes et les mêmes outils. Mais pourquoi ces foutus chariots utilisent-ils un tel écartement ? Bah parce que partout en Europe et en Angleterre les routes avaient déjà des ornières bien installées et un espacement différent aurait causé la rupture de l'essieu du chariot. D'accord mais pourquoi ces routes présentaient-elles des ornières ainsi espacées identiquement dans toute l'Europe ?

Réponse : les premières grandes routes du continent ont été construites par l'Empire romain pour accélérer le déplacement des légions romaines. Pourquoi les Romains ont-ils retenu une dimension spéciale pour les routes ? Parce que les premiers chariots étaient des chariots de guerre. Ces chariots étaient tirés par deux chevaux. Ces chevaux galopaient côte à côte et devaient être suffisamment distants pour ne pas se gêner. Afin d'assurer une meilleure stabilité du chariot, les roues ne devaient pas se trouver dans la continuité des empreintes de sabots laissées par les chevaux, et ne pas se trouver trop espacées pour ne pas causer d'accident lors du croisement de deux chariots. Nous avons donc maintenant la réponse à notre question d'origine. L'espacement des rails US (4 pieds et 8,5 pouces on a dit) s'explique parce que deux mille ans auparavant, sur un autre continent, les chariots romains étaient construits en fonction de la dimension de l'arrière-train des chevaux de guerre. Conclusion : la principale contrainte de conception du moyen de transport le plus avancé au monde, le chemin de fer, est la largeur d'un cul de cheval. Comme quoi en ce bas monde, tout se rapporte toujours à une histoire de cul. Et ce dernier mot que je me suis retenu d'utiliser jusque-là parce que je voulais vous faire croire que j'avais de l'éducation est prononcé, croyez-moi, au moins soixante mille fois par jour sur le chantier. Dans toutes les langues et à toutes les sauces. Cent mille fois si ça se trouve.

Zoziaux
Bestiaux
Et autres bitoniaux
Et nous des salopiaux !

Les mauvais jours, voilà ce qui me tenaille : si le chemin de fer était un animal, ce serait sans nul doute un charognard. Un coyote ou quelque chose comme ça. Qui mangerait nos os de notre vivant. Une morsure par-là, un lambeau de chair par-ci. Et durant tout ce temps, on survivrait afin de souffrir encore et encore. Se briser le cou en deux minutes est un cadeau de prix, bien rare. Il ne faut pas y compter. Durer dans l'affliction, persévérer dans la douleur ordinaire, s'éterniser dans la désolation, voilà ce que la vie nous impose. Et, même s'il nous nourrit, le chemin de fer est l'instrument choisi par la Providence pour nous déchirer au jour le jour.

Nous autres encombrés de nos petites histoires, de nos petites joies, de nos petits désespoirs, c'est comme si on avait une certaine familiarité avec l'enfer. Mettons que la vie soit une sorte d'entraînement pour l'enfer plus tard. Alors de mon vivant j'aimais bien ne pas penser, être tellement occupé que t'en avais la tête vide. C'est comme ça quand ta mission est de faire sauter un gros tas de roche. Mieux vaut se concentrer sur l'affaire. Pour ce qui est des charges d'explosifs, le tout est de savoir choisir la bonne longueur de mèche afin de décamper avant l'explosion.

Et comme le John Henry que j'étais ne savait ni lire ni écrire ni compter – pouvoir compter n'aurait pas été du luxe dans ce cas – je coupais ma mèche au jugé et j'ai bien coupé on dirait car je ne suis pas mort dans une explosion de tous les diables. Je ne sais pas pourquoi je pense toujours à la longueur de mèche même maintenant que je suis mort. Peut-être que certaines choses que l'on a dû faire sont devenues carrément nous-mêmes ? Peut-être qu'on ne sait plus être quelqu'un d'autre que celui que l'on est devenu, que la vie a décidé que l'on deviendrait ? Et sûrement que je me pose trop de questions aurait dit Fourchette. J'ai beau être un défunt, je pense encore beaucoup trop c'est plus fort que moi. J'espère devenir un bon fantôme, aimer un peu plus la mort que je n'ai aimé la vie. Je ferai de mon mieux. Ce dont je suis certain c'est que la bonne longueur de mèche ce n'est pas rien. Car si vous voulez savoir, m'est avis qu'on a tous une longueur de mèche à calculer pour pas exploser.

Chanson chansonnette :

> *Mille métiers dans la paume*
> *Hisse et ho le môme*
> *Pas de jour de chôme*
> *T'es qu'un fantôme.*

> *Aujourd'hui vrai fantôme je suis*
> *De la vie enfin enfui*
> *Evanoui et réjoui.*

épilogue

Il existe maintenant des villes dont personne n'entendra jamais plus parler après qu'on y ait mis une toute petite gare au milieu de la prairie, une petite gare avec trois granges, une éolienne et cinq baraques. Tout ça c'est bouts de planche qui valent pas cher, pancartes peintes et compagnie expliquant ce qu'on peut acheter et pour combien, bois stocké pour l'hiver, enclos rafistolés pour les bêtes. Des assemblages de bois et d'idées, tenant avec ces clous solides que sont l'espoir et l'entraide. Des coins de prairie qui sont devenus une destination. Avec rien autour à perte de vue, la pampa, le vert, les herbes, l'énormité inexplicable du vide, un abîme d'herbes folles. Un nouveau là-bas. C'est Greenville (New Hampshire), Puxico (Missouri), Dublin (Géorgie), Andalusia (Alabama), Mont Carmel (Illinois). C'est juste une gare et une poignée de gens qui restent là car ils n'ont nulle part où aller ni rien de mieux à faire que de regarder ce ciel terriblement répandu. C'est Royal Center (Indiana), Hazard (Kentucky), Rich Square (Caroline du Nord), Rocky Mount (Virginie).

Je pourrais en citer jusqu'à demain matin des bourgades avec des rails, un réservoir d'eau pour les locomotives, des chevaux mélancoliques, des hommes sans autre projet que de banalement mourir le plus tard que possible et un nom de ville dont personne n'entendra jamais plus parler après qu'on y ait mis une toute petite gare au milieu des vastes étendues discrètes.

Moon (Kentucky) Alexandrie (Tennessee) Camp Français (Mississippi).

Il faut bien être quelque part. Pourquoi pas à Blackville (Caroline du sud) ou à Corpus Christi (Texas) ? Ce soir, on est là tous ensemble dans les bras de la musique. On est là. Nous pourrions être au lit pour dormir ou autre. Nous pourrions aller boire. Seul ou avec quelqu'un capable de comprendre qu'on a besoin de boire. On pourrait tout aussi bien être à Stuttgart (Arkansas) ou à Belfast (Maine). Ou peut-être à Milan (Indiana), vers Arnaudville (Louisiane) ou à Morgane City (toujours Louisiane). Nous pourrions voyager pour le travail ou pour rejoindre un amour. Mais des milliers de petites et de grandes décisions empilées les unes sur les autres font que nous sommes ici. Il faut bien être quelque part. Ce soir c'est ici et ce serait bien si on avait un peu de musique. La musique c'est du vent avec notre âme dedans.

Aujourd'hui ma p'tite chanson
C'est la gigue de la fatigue
Mézigue trime trime mézigue
Aujourd'hui ma p'tite chanson
C'est la gigue de la fatigue

Aujourd'hui ma p'tite chanson
C'est pas le tout c'est tenir debout
Pour casser pelleter du caillou
Aujourd'hui ma p'tite chanson
C'est pas le tout c'est tenir debout

Aujourd'hui ma p'tite chanson
C'est j'voudrais un bout de pain
Moi l'Africain le frère du chagrin
Aujourd'hui ma p'tite chanson
C'est j'voudrais un bout de pain

Aujourd'hui ma p'tite chanson
C'est quelqu'un c'est ma mère
Petite bergère puis vieille cafetière
Aujourd'hui ma p'tite chanson
C'est personne c'est ma mère

Aujourd'hui ma p'tite chanson
C'est mon père qu'on m'a dit
J'sais pas son nom c'est un bandit
Aujourd'hui ma p'tite chanson
C'est personne ton père qu'on m'a dit

Aujourd'hui ma p'tite chanson
C'est qu'est-ce qu'on fait sur terre ?
Ici la vie n'est pas très populaire
Aujourd'hui ma p'tite chanson
C'est qu'est-ce qu'on fait sur terre ?

Des fois j'ai aimé la vie si ça se trouve. Par exemple :

1/ En voyant un nuage en forme de gros gâteau un jour lointain en Alabama et voilà qui avait presque apaisée ma faim. 2/ Devant le sourire d'un vieil ami venu me visiter – quelle heureuse surprise – au cœur de l'hiver avec une bonne bouteille et des souvenirs faisant comme une cabane confortable et on habitait dedans tous deux. 3/ Lors d'un pique-nique dans les collines avec des gens qui comptent et on avait pu s'émerveiller de ce ciel de bleuet. 4/ Pendant cette descente de rivière en radeau pour livrer une cargaison de pommes odorantes et tout était si profusément beau comme dans une peinture chez les gens riches. 5/ En rentrant d'une longue journée de pelletage de cailloux et voilà que Fourchette avait préparé avec trois litres d'eau et une poignée de lentilles un mémorable potage du roi d'Angleterre dans sa tenue de bal et souliers vernis à la mode Palais de Buckingham. Et j'ai gardé le meilleur pour la fin 7/ Enfant, lorsque je me hissais de toutes mes forces sur la pointe des pieds pour me rapprocher d'autant de la lune du printemps.

Je me souviens d'une soirée de juillet sur le chantier. Après les chaleurs brutales tandis que tout s'adoucissait comme si l'été avait enfin pitié de nous, les ouvriers on avait beaucoup bu et une femme s'était mise à chanter une ballade d'Irlande tandis qu'un gamin l'accompagnait au violon. C'était beau. Cette musique c'était mieux qu'un médicament, du coup on avait moins faim. La musique, elle nous aime, elle nous rend aimants. La musique, elle dit qu'on est là. Elle rend la vie vivable. Tout le monde avait cessé de brailler et de boire pour écouter cette voix d'ange. Soudain c'était comme si toute la poussière tombait et que la chanson nous lavait en frottant bien. C'est bien simple les notes nous débarbouillaient, les paroles nous savonnaient. Et surtout, avec ses faux saphirs en verre coloré aux oreilles et la bague assortie qui valait rien de rien, cette fille plutôt ordinaire et épuisée par sa vie besogneuse : eh bien le chant la rendait belle. Très très belle. Comme inaccessible alors que l'instant d'avant pour moins d'un demi-quart de dollar t'aurais pu tout lui faire. Mais là elle chantait de sa toute petite voix d'être humain dans une prairie tellement immense qu'on était tous tombés amoureux d'elle. Pas un qu'était pas devenu son prétendant timide. C'était si bon si luxueux d'être amoureux pour au moins dix bonnes minutes mettons un quart d'heure. Si apaisant de croire qu'on pouvait y croire. Avec cette femme, pas de doute, on était devenu respectueux, l'âme toute propre. En fait on avait la bonne longueur de mèche.

Nous autres qui écoutions, vieux éreintés et jeunes déjà esquintés, on se regardait avec gravité, comme des frères. T'as vu ? T'as vu comme elle est belle cette fille sans prénom ni grands airs, comme elle est délicate et gracieuse, comme elle vaut de l'or. Auparavant c'est nous qu'on avait pas su la regarder comme il faut. D'un gars à l'autre, c'était comme si on ne s'était jamais vu avant, jamais boxé ni volé ni quoi que ce soit et je me souviens qu'au beau milieu de ce crépuscule on s'était trouvé tous beaux – tous – même les cassés, les accablés ou ceux qui portaient leur éternelle chemise recousue depuis des années. Tous autant qu'on était ce soir-là sur le chantier, au beau milieu des tas de pierre, des outils remisés pas loin et des traverses de chemin de fer, vous me croirez si vous voulez, on avait goûté à la grande vie car pour une fois on était devenu de beaux hommes. Oui nous tous on était sans pareil, des messieurs à la porcelaine de Chine, des directeurs, des princes. Parce que cette fille qui chantait, c'était une reine, celle de tout le monde et celle de personne. Vraiment ce soir-là, on avait goûté à la grande vie car pour une fois on était devenu de beaux hommes. De bien beaux hommes je le redis. On en a reparlé longtemps de cette soirée. Et depuis, ce souvenir c'est comme un trésor. Comme de vrais saphirs qui brillent dans nos mains, les plus beaux de la terre. Ce soir-là on avait dîné – pour de vrai oui pour de vrai – de perdrix rôties et c'était une splendeur avec cette sauce barbecue aux prunes fraîches préparée par un Fourchette amoureux de la tête aux pieds. Amoureux de cette chanteuse d'occasion, fier de cette bonne cuisine qu'il avait enfin pu servir à ses camarades, amoureux comme nous tous de ce ciel pétillant des premières étoiles du couchant dans une plaine semblable – une fois n'est pas coutume et je m'étonne moi-même de le dire – au jardin d'Éden.

C'était une bien belle soirée vous pouvez me croire.

Et c'est tout ce que j'ai à dire mes amis, je n'ai plus rien à ajouter sur ma vie, le John Henry que je suis a parlé. Me reste si possible à être un fantôme ordinaire et correct. Un petit fantôme de dynamiteur éboueur éclaireur écorcheur émailleur empileur etc etc si vous voyez ce que je veux dire.

Tout ce que nous avons, c'est nous.
Tout ce que nous avons, c'est ce qui nous est arrivé.
Tout ce que nous avons c'est notre histoire.

Nous resterons juste une histoire.

(*La bonne longueur de mèche. Petite histoire de John Henry, ouvrier des chemins de fer sur les chantiers de Virginie Occidentale en 1872*. D'après une idée originale de Pierre Glesser, par Phil Aubert de Molay, nov. 2018-mars 2019).

Illustration de ©Pierre Glesser

Illustration de ©Pierre Glesser

Avec le soutien de Rose Evans, Olivier Millet (*Hispaniola Littératures*) / Ludmilla de Monfreid et Zoé Agbodrafo (*Totemik CrowFox*) / **Merci** à Pierre Glesser pour m'avoir fait rencontrer John Henry / Merci à Bertrand Goapper pour son texte explicatif sur la distance standard entre deux rails de chemin de fer / à mon oncle (+)Jean-Pierre Thielley, grand chasseur devant l'Eternel, pour – autrefois - ses informations en matière de dépouillement du gibier / à l'association de Sauvegarde du Patrimoine de l'Art Dentaire et à la Bibliothèque Interuniversitaire de Santé, Paris / Merci à Pierre Dubois pour la fréquentation mutuelle de ce bon vieux Jimmy McClure / à Sylvie Wolfs ma sœur de plume et de guerre cheyenne (Sylvie donne de tes nouvelles !) / à Pascal Parmentier et à Fabrice Gallimardet pour notre descente aventureuse du Mississippi du côté de Saint-Jean-de-Losne, Côte-d'Or / à Elisabeth Huard pour sa relecture professionnelle et amicale / à Blandine Bertucat pour son attention inoubliable portée à cette nouvelle et à ce projet graphique et musical / Merci à Daisy Beline, Rudy Ruden, John Bradburne, Karma Ripui-Nissi, Emmanuelle Sainte-Casilde ; Marie Doré, Julia Woolf et Sébastien Breton (*Lapin à Métaux*) ; Astrid Laramie, Olivier Bastille de Gouges et Paul Astapovo (*Fondation Carlota Moonchou*) ; Bob Collodi et Maria Quiroga *(Académie royale des littératures Orélides)* Laurent Battistini, Piotr Bish et Aksana Lydia Oulitskaïa (*Neness Danger*) / **La bonne longueur de mèche** / Éditrice : Rose Evans / Illustrations de couverture : Pierre Glesser / Mise en pages : Anastasia Tourgueniev et Zoé Agbodrafo (avec Béthanie Rib) / Dépôt légal mai 2021 / ISBN 9782322250936 / Imprimé en Allemagne / www bod.fr / www. aubert2molay.vpweb.fr / © Ph.A2M, 2021 © Hispaniola Littératures, 2021 /

www.aubert2molay.vpweb.fr

du même auteur chez Hispaniola Littératures,
disponible en librairie et sur le site BoD

<u>Collection L'Inimaginée</u>
(Littérature de l'imaginaire)
-PETIT TRAITE DE SORCELLERIE ET D'ECOLOGIE RADICALE DE COMBAT
-DOULEUR FANTÔME

<u>Collection L'imaginable</u>
(Littérature blanche)
-SAPIN PRESIDENT

<u>Collection 1 nouvelle</u>
-TOUTE PETITE FILLE DES DRAGONS
-SUPERETTE
-LA HAUTEUR
-LA MORT DE GREG NEWMAN
-DIX ANS AVANT LA NUIT
-SELON LA LEGENDE
-S'ENFERMER DANS UNE CABANE ET ECRIRE
-EN MARCHE
-LECON DE TENEBRES
-L'HIVER 1877 DE MISS EMILY DICKINSON
- LA ROUSSEUR DU RENARD
-TECHNIQUES DE VOL HUMAIN EN CIEL NOCTURNE
-LA FEE DES GRENIERS
-ROUTE DU GRAND CONTOUR
-LE DOCUMENT BK 31
-FANTÔMES D'ASTREINTE
-BRODERIES ET TRAVAUX D'AIGUILLES
-LA REPUBLIQUE ABSOLUE
-LA BONNE LONGUEUR DE MECHE
-MADRID, ETATS ZUNIS D'AMERIQUE
-INTERNITE
-KANSAS ET ARKANSAS

Collection 1 nouvelle